Les émigrés sont-ils tenus de payer leurs dettes ? ou notice contenant sur cette question importante : 1.° un arrêt rendu par la cour royale de Dijon ... entre le sieur Picard et le sieur Malard ; 2.° les textes complets des jugement et arrêt rendus ... entre M.<sup>me</sup> la marquise de La Guiche et M. de Bévy, ... 3.° l'analyse substantielle des moyens qui ont été plaidés pour M.<sup>me</sup> de la Guiche.

Dijon, Lagier, mai 1821.

( titre pris sur la couverture imprimée qui a été, par erreur, enlevée par le Relieur. )

# LES ÉMIGRÉS

## SONT-ILS TENUS

## DE PAYER LEURS DETTES?

*Arrêt rendu, le 12 avril 1821, par la Cour royale de Dijon ( troisième Chambre ), entre le sieur PICARD et le sieur MALARD.*

PAR sentences des Juges-Consuls de Paris, en date des 31 décembre 1790 et 5 janvier 1791, le sieur Malard, chevalier de Saint-Louis et ancien capitaine au régiment d'Austrasie, fut condamné *par corps* à payer au sieur Picard, négociant à Metz, la somme de 6300 livres, montant d'une lettre de change, plus les intérêts et les frais.

Le sieur Malard émigra avant que le sieur Picard pût faire exécuter contre lui cette sentence. Ses biens furent confisqués et vendus par la république.

Le sieur Picard se pourvut en liquidation de sa créance pour être payé par l'Etat; mais il ne put l'obtenir, sous prétexte de l'insolvabilité notoire de son débiteur, qui, d'après l'art. 1.<sup>er</sup> de la loi du 1.<sup>er</sup> floréal an III, faisait obstacle à ce que l'Etat fût chargé de la dette.

Le sieur Malard étant rentré en France après le sénatus-consulte du 6 floréal an x, son créancier exerça contre lui des contraintes auxquelles il forma opposition, en se fondant sur ce que l'Etat s'étant emparéde tous ses biens, avait été chargé de payer ses dettes ; subsidiairement, il excipa du sursis accordé par l'article 14 de la loi du 5 décembre 1814, et prorogé par celle du 16 janvier 1816.

Assignation devant le Tribunal de Charolles en débouté d'opposition.

Le sieur Picard disait sur le premier moyen d'opposition, que l'état d'insolvabilité de son débiteur avait empêché que la nation fût chargée de ses dettes, et avait mis obstacle à la liquidation qu'il avait poursuivie ; sur le deuxième moyen, il disait que le sursis n'avait trait qu'aux biens remis, et n'empêchait point l'exercice de l'action personnelle contre les émigrés.

19 avril 1816, jugement qui ordonne qu'il demeurait sursis jusqu'au 1.er janvier 1818, à statuer sur l'opposition du sieur Malard.

Appel. — 28 avril 1817, arrêt de la Cour royale de Dijon, par lequel considérant, 1.º que les lois de décembre 1814 et janvier 1816 ne pouvaient, ainsi que Picard l'avait fait plaider en première Instance, recevoir leur application au cas particulier, attendu que le sursis qu'elles accordaient, ne regardaient que les poursuites qui seraient dirigées contre les biens rendus aux émigrés par la première de ces lois, et qu'il n'en avait été restitué aucun au sieur Malard; 2.º mais que l'art. 1244 du Code civil autorisait les Tribunaux à accorder des délais aux débiteurs, en considération de leur position, et que c'était d'autant plus le cas d'accorder cette faveur au sieur Malard, que rentré en France, il avait trouvé toutes ses propriétés vendues; la Cour a ordonné que le jugement dont est appel, sortirait son plein et entier effet, et que néanmoins l'amende consignée serait restituée, tous dépens des causes principale et d'appel compensés, sauf le coût de l'arrêt qui demeurerait à la charge du sieur Malard, s'il y avait nécessité de le lever.

Après l'expiration du sursis, le sieur Picard a repris devant le Tribunal de Charolles l'instance en débouté d'opposition.

28 janvier 1820, jugement interlocutoire « par lequel considérant que les dettes des » émigrés sont déclarées nationales, sauf le » cas d'insolvabilité; que le sieur Picard a » soutenu que le sieur Malard était dans un » état d'insolvabilité lors de son émigration, » le Tribunal renvoie la cause au mois, pen- » dant lequel temps le sieur Picard justi- » fiera, soit en compulsant les registres des » administrations, soit autrement, du pro- » duit des biens vendus sur le sieur Malard, « et du montant de ses dettes, tous depens » réservés. »

Le sieur Picard n'a pas satisfait à ce jugement dont il a prétendu que l'exécution était impossible, la commission de liquidation générale étant supprimée depuis le 1.er janvier 1810; il soutenait au surplus que ce jugement ne liait pas le Tribunal. La cause reportée à l'audience, il intervint, le 28 avril 1820, un jugement définitif ainsi conçu :

» En droit, le jugement rendu le 28 jan-
» vier dernier, est-il interlocutoire, et le
» sieur Picard devait-il l'exécuter? La con-
» fiscation des biens des émigrés les a-t-elle
» libérés de leurs dettes, et leurs créanciers
» n'avaient-ils action que contre l'Etat pour
» être désintéressés ?

» Considérant que par l'article 1.er de la
» loi du 1.er floréal an III, les créanciers
» des émigrés ont été déclarés créanciers
» directs de l'Etat, excepté ceux des émi-
» grés en faillite, ou notoirement insol-
» vables; que le sieur Picard ayant posé
» en fait, à l'audience du 28 janvier der-
» nier, que le sieur Malard, à l'époque de
» son émigration, était dans un état d'in-
» solvabilité, ce qui plaçait ce dernier dans
» l'exception de la loi, le Tribunal a ren-
» voyé la cause à un mois, pendant lequel
» temps il justifierait son exception ;

» Considérant que le sieur Picard n'a pas
» fait la justification ordonnée, et prétend
» aujourd'hui que ce jugement laisse la
» question indécise, et que, considéré
» comme préparatoire ou interlocutoire, il
» ne peut lier les juges qui l'ont rendu;
» que, s'il est vrai que de pareils jugemens

» ne lient pas les juges, c'est en ce sens
» qu'ils ne préjugent rien, et que les juges
» peuvent mettre à l'écart les renseigne-
» mens, les preuves même résultant de
» l'exécution de leur décision préparatoire,
» et se décider par d'autres motifs que ceux
» qu'ils avaient d'abord regardés comme
» décisifs ; que c'est ainsi que l'on doit en-
» tendre et interprêter le principe invoqué
» par le sieur Picard ; qu'il est de règle
» qu'il ne doit rien se faire de frustratoire
» en justice ; d'où il suit que le sieur Picard
» devait exécuter le jugement du 28 janvier,
» sauf ensuite au Tribunal à se détermi-
» ner, soit par le point de fait dont la
» vérification lui a paru nécessaire pour
» éclairer sa religion, soit par d'autres rai-
» sons ; mais que dans l'état actuel de la
» cause et d'après le système du sieur Pi-
» card, le Tribunal serait obligé de réfor-
» mer son jugement, ce qui serait de sa
» part un excès de pouvoir ;

   » Considérant, sur le fond, que, suivant
» la législation relative aux émigrés, les
» dettes de ceux-ci, par suite de la confis-
» cation de leurs biens, ont été mises à
» la charge de l'Etat qui s'est chargé de dé-
» sintéresser leurs créanciers, ce qui a opéré
» dans la personne du débiteur et dans la
» nature de sa créance, une novation forcée
» dont l'effet a été de libérer sans réserve
» la personne et les biens des émigrés, et
» et de ne plus laisser pour débiteur que
» l'Etat, à leurs anciens créanciers ; —que

» le sieur Picard a reconnu lui-même la
» vérité de ce principe, puisqu'après avoir
» formé opposition et avoir fait viser ses
» titres et constater sa créance, il a été
» renvoyé par arrêté du département de
» Saône-et-Loire, du 2 germinal an III, à
» la liquidation générale, pour être payé
» des sommes qui pouvaient lui être dues ;
» qu'il a dès-lors à s'imputer de n'avoir pas
» fait les démarches indiquées par les lois,
» pour obtenir son paiement, et qu'il s'est
» soumis par-là à la déchéance qu'elles
» prononçaient contre tout créancier négli-
» gent ;

   » Considérant, au surplus, que tous les
» biens du sieur Malard ont été vendus,
» et qu'il est constant qu'il n'en possède
» d'aucune espèce aujourd'hui ; d'où il suit
» que le sieur Picard ne peut point avoir
» d'action contre lui ; mais qu'il aurait dû
» ou doit s'adresser au Gouvernement dont
» la loi l'a déclaré créancier direct :

   » Par ces motifs, le Tribunal, sans s'ar-
» rêter ni avoir égard aux prétentions du
» sieur Picard, et ayant au contraire égard
» à l'opposition formée par le sieur Malard
» aux contraintes exercées contre lui de la
» part dudit Picard, annule lesdites con-
» traintes, et décharge ledit sieur Malard
» de la dette, à raison de laquelle elles
» ont eu lieu, et condamne Picard aux dé-
» pens de l'instance. »

Appel devant la Cour royale de Dijon,

tant de ce jugement que de celui du 28 janvier.

Le sieur Picard a soutenu d'abord qu'on ne pouvait pas remettre en question la validité de ses droits contre le sieur Malard, reconnus par le jugement du 19 avril 1816, et surtout par l'arrêt du 28 avril 1817, qui avait simplement prononcé un sursis en faveur du débiteur. Au fond, il a soutenu qu'on ne pouvait pas lui contester son action contre le sieur Malard, sans violer les arrêtés des 13 pluviôse et 3 floréal an xi, une foule de décrets, notamment ceux des 30 thermidor an xii, 2.e complémentaire même année, 15 avril 1806, l'art. 14 de la loi du 5 décembre 1814, et sans fronder la jurisprudence constante, surtout celle de la Cour de Cassation, manifestée par un arrêt formel du 15 novembre 1808, rapporté au *Répertoire de Jurisprudence,* V.º *Rente foncière ,* § 1.

Mais ces moyens n'ont pas triomphé ; ils ont été condamnés par l'arrêt du 12 avril 1821, dans les termes suivans :

La cause présente les deux questions suivantes :

« 1.º L'arrêt du 28 août 1817, a-t-il préjugé en faveur de la demande de l'appelant contre l'intimé ?

» 2.º Le Tribunal de Charolles a-t-il bien statué en déchargeant l'intimé de l'obligation d'acquitter la dette qu'il avait contractée envers l'appelant avant l'émigration du premier ?

» Considérant, sur la première question,
» que l'arrêt du 28 août 1817, n'a rien
» prononcé qui préjuge la contestation
» agitée aujourd'hui entre les parties, con-
» testation qui était restée pendante au
» Tribunal de Charolles; qu'il ne s'était
» agi en appel que d'une surséance; que
» la Cour n'a été ni saisie du fond, ni
» dans le pouvoir d'y prononcer, puisqu'il
» n'avait pas subi le premier degré de
» juridiction;

» Considérant, sur la deuxième question,
» que la loi, du 28 mars 1793, a déclaré
» que les émigrés étaient bannis à perpé-
» tuité du territoire français; qu'ils étaient
» morts civilement, et que tous leurs biens
» étaient acquis à la république;

» — Que cette peine de mort civile, de
» banissement perpétuel, de confiscation
» des biens, a assimilé les émigrés aux
» déportés chez les Romains, et aux bannis
» à perpétuité du royaume; bannissement
» qui, d'après la jurisprudence admise,
» remplaçait parmi nous les déportations
» des Romains, et en produisait tous les
» effets; que ces principes sont attestés par
» tous les jurisconsultes et par tous les
» publicistes, tels que *Voët, Chasseneux,*
» *Peregrinus, Hertius, le président Bouhier,*
» *Coquille,* et notamment *par l'auteur du*
» *Répertoire de Jurisprudence,* dont l'opi-
» nion est d'autant plus importante, qu'il
» a concouru aux actes de la législation
» sur les émigrés.

» Que ce jurisconsulte, s'expliquant sur
» la matière ( *Questions de droit, V.° Ins-*
» *cription hypothécaire )*, dit, en parlant
» d'une personne émigrée : *qu'au moyen*
» *de ce que l'Etat devient l'héritier uni-*
» *versel de tous ses droits, tant actifs que*
» *passifs, ses créanciers n'ont plus d'ac-*
» *tions contre elle ; c'est ce que*, ajoute-t-il,
» *décident une foule de lois romaines, qui*
» *reçoivent, comme on voit, une appli-*
» *cation directe et entière à l'émigré*
» *dont tous les biens ont été confisqués et*
» *mis sous la main du gouvernement;*
» *l'émigré est donc personnellement quitte*
» *envers ses créanciers, comme l'est envers*
» *les siens un condamné à une peine*
» *emportant mort civile;*
» Considérant qu'il y a d'autant moins de
» difficulté de le penser ainsi, qu'une loi
» spéciale, du 1.er floréal an III, déclarait les
» créanciers des émigrés , créanciers directs
» de la république, à l'exception seulement
» de ceux des émigrés en faillite ou notoire-
» ment insolvables ; ce qui n'était d'ailleurs
» qu'une conséquence nécessaire du bannis-
» sement perpétuel, de la mort civile et de la
» confiscation générale de tous les biens des
» émigrés ;
» Considérant que le sénatus-consulte du
» 6 floréal an x, portant amnistie, ne con-
» tient aucune disposition qui soit en con-
» tradiction avec les lois anciennes, la juris-
» prudence française , on pourrait dire, la
» jurisprudence universelle et les lois sur

» l'émigration; que la seule obligation im-
» posée aux amnistiés est de ne pouvoir, en
» aucun cas et sous aucun prétexte, atta-
» quer les partages de successions, présuc-
» cessions ou autres actes et arrangemens
» faits entre la république et les particuliers
» avant la promulgation de cette loi; qu'il
» suit de là qu'il a confirmé, au regard des
» émigrés, tous les effets de la mort civile
» pour le passé, et qu'il ne les a rendus à
» l'état civil que pour l'avenir; que la dé-
» charge de l'obligation du débiteur émigré
» envers son créancier, antérieure à son émi-
» gration, éteinte par la mort civile et par
» la confiscation générale de ses biens, a été
» maintenue; que cette action personnelle
» n'a pu revivre contre lui, et que cette
» action ne peut s'exercer, de la part du
» créancier, s'il n'a pas encouru la déché-
» ance par sa faute, que contre le confis-
» cataire;

» Considérant qu'il n'y a aucune raison
» de faire état dans la cause des dispositions
» législatives, relatives aux prorogations de
» délais des créanciers des condamnés ou
» des inscrits sur la liste des émigrés, à l'effet
» de prendre les inscriptions hypothécaires
» après la restitution faite aux premiers et
» la radiation des seconds; que la réintégra-
» tion des premiers ou de leurs héritiers, que
» la radiation des seconds à titre de justice,
» faisant revivre tous les droits de leurs cré-
» anciers sur des débiteurs rétablis dans tous
» leurs biens, il était de toute nécessité que

» ces créanciers fussent admis à des mesures
« conservatoires coordonnées avec le nou-
» veau régime hypothécaire introduit pen-
» dant le sequestrat ;

   » Que c'est encore vainement que l'appe-
» lant a voulu tirer avantage des disposi-
» tions du décret du 3 floréal an xi ; que ce
» serait déjà une grande question que celle
» de savoir si un acte de cette nature pour-
» rait, dans l'état de notre législation, porter
» atteinte aux lois générales et au droit com-
» mun de la France ; que si on avait à dis-
» cuter, dans l'espèce de la cause, les dispc-
» sitions de ce décret, il ne serait pas impos-
» sible d'établir qu'elles ne sont applicables
» qu'aux créanciers des successions remises
» ou restituées aux émigrés rayés ou amnis-
» tiés en vertu de l'art. 2 du même décret ;
» que cette opinion aurait d'autant plus de
» poids qu'elle paraît être celle de l'ancien
» secrétaire général du Conseil d'Etat, qui a
» dû connaître mieux que personne l'esprit
» de ce décret ;

   » Mais que toute discussion sur ce point
» devient superflue, puisqu'il est constant
» que cet arrêté n'est pas obligatoire pour les
» tribunaux auxquels il n'a jamais été adres-
» sé ; qu'il n'est pas porté au Bulletin des lois ;
» que l'article 12 de la loi du 8 vendémiaire
» an iv, que l'avis du Conseil d'Etat, du 12
» pluviôse an xiii, qui subsistent encore dans
» toute leur vigueur, portent que les actes
» du Gouvernement ne sont obligatoires

» qu'autant qu'ils ont été adressés aux Tri-
» bunaux et publiés;

» Que cette doctrine est spécialement pro-
» fessée par l'auteur du *Répertoire de Juris-*
» *prudence*, dans son réquisitoire à la Cour
» de Cassation, du mois d'août 1811, rap-
» pelé au mot *Emigration*, tome 15, § 19;

» Que cet auteur va beaucoup plus loin ;
» que raisonnant dans l'hypothèse même que
» cet acte, qui ne contient que des mesures
» d'ordre pour l'administration, serait de-
» venu obligatoire pour les Tribunaux , et
» revêtu des formalités qui lui manquent, cet
» arrêté ne porterait aucune atteinte aux dis-
» positions des lois romaines et de la juris-
» prudence française dans le sens de la res-
» titution d'une partie des biens ;

» Considérant qu'il est inutile au surplus,
» dans l'espéce de la cause, de s'engager
» dans cette question et de décider, si les
» biens invendus des émigrés ont été rendus
» à titre de grâce ou de justice, s'il y a une
» distinction à faire entre les émigrés rentrés
» par l'effet du sénatus-consulte de l'an x,
» ou par suite de la restauration; qu'il est
» constant en fait, dans la cause, que la
» dette contractée par Malard envers Picard
» avait précédé l'émigration du premier ;
» que les biens meubles et immeubles de
» celui-ci ont été vendus en totalité par suite
» de la confiscation prononcée contre les
» émigrés ; que ces biens étaient plus que
» suffisans pour acquitter les dettes contrac-
» tées par l'intimé avant qu'il eût quitté le

» territoire français; que la créance de l'ap-
» pelant avait une date certaine avant l'émi-
» gration de Malard; qu'il a dépendu de ce
» créancier d'obtenir son paiement ; que
» l'administration avait admis ses réclama-
» tions ; qu'elle l'avait même renvoyé,
» d'après les règles introduites, à la liqui-
» dation générale des dettes des émigrés;
» que si Picard n'a pas été payé, c'est parce
» qu'il ne l'a pas voulu ; qu'il s'est exposé à
» la déchéance pour n'avoir pas suivi sa
» demande et pour ne s'être pas conformé
» au décret du 25 février 1808; qu'il a été
» surabondamment mis en demeure par un
» préparatoire du Tribunal de Charolles,
» pour établir la prétendue insolvabilité de
» Malard à l'époque de son émigration;
» insolvabilité alléguée dans le principe et
» abandonnée depuis; qu'il suit de là que
» Tribunal de première Instance a fait, par
» sa décision, une juste application des
» principes.

» Par ces motifs,

» La Cour, sans s'arrêter à l'appellation
» interjetée par Picard, des jugemens rendus
» par le Tribunal de Charolles, les 28 jan-
» vier et 28 avril 1820, a mis et met ladite
» appellation à néant; ordonne que ce dont
» est appel sortira son plein et entier effet,
» et condamne l'appelant à l'amende et aux
» dépens de la cause d'appel, dont distrac-
» tion, etc. »

# JUGEMENT

*Du Tribunal de première Instance de Dijon, entre madame la marquise* DE LA GUICHE, *et* M. DE BÉVY, *du 31 août 1820.*

LOUIS PAR LA GRACE DE DIEU, ETC., savoir faisons que le Tribunal de première Instance de l'arrondissement communal de Dijon, département de la Côte-d'Or, a rendu le jugement dont les qualités suivent :

Entre Mme. Jeanne-Marie DE CLERMONT-MONTOISON, veuve de M. Charles-Amable, marquis DE LA GUICHE, demeurant à Paris, rue Saint-Dominique, au coin de la rue Belle-Chasse, n.º 75, demanderesse aux fins d'exploit d'assignation de l'huissier Bornier, du 29 avril 1820, comparant par M.es Varembey et Gleize, ses avocat et avoué, d'une part ;

M. Louis-Philippe-Joseph JOLY DE BÉVY, ancien président à mortier au Parlement de Bourgogne, demeurant à Dijon, défendeur, comparant par M.es Denizot et Perrotte ses avocat et avoué, d'autre part.

## Conclusions de M.me de la Guiche.

A CE QU'IL PLAISE AU TRIBUNAL condamner M. de Bévy,

1.º A se trouver dans les vingt-quatre

heures qui suivront la signification du jugement à intervenir, en l'étude et par-devant tel notaire de la ville de Dijon, qui lui sera indiqué, pour y passer, en faveur de ladite Dame, titre nouvel et reconnaissance de la rente au principal originaire de 60,000 livres tournois, réduites par le paiement qui a eu lieu à 30,000 liv., ladite constitution de rente, faite par acte reçu Molée, notaire à Dijon, le 5 décembre 1776, contrôlé le lendemain et portant arrérages au denier vingt-cinq ; sinon et faute de quoi faire dans ledit délai, qu'il sera dit, dés à présent comme pour lors, que le jugement à intervenir tiendra lieu de ladite reconnaissance ;

2.º A payer à Mme. de la Guiche, à la signification du jugement, les arrérages de ladite rente, avec intérêts à compter du jour de la demande en justice, et à desservir à l'avenir ladite rente ;

3.º Condamner enfin M. de Bévy aux dépens de l'instance, et déclarer le jugement exécutoire pour le principal en cas d'appel, par provision sans caution, suivant l'article 135 du Code de Procédure civile.

## Conclusions de M. de Bévy.

A ce qu'il plaise au Tribunal, sans s'arrêter aux demandes, fins et conclusions de Mme. de la Guiche, desquelles elle sera déboutée, en renvoyer mondit sieur de Bévy avec dépens.

## Points de Fait.

Par acte reçu Molée et son collégue, notaires à Dijon, le 5 décembre 1776, contrôlé le lendemain, M.<sup>me</sup> de la Guiche, en qualité de cohéritière de M. le président de Rochefort, a vendu à M. de Bévy un office de président à mortier au Parlement de Bourgogne, dont ledit sieur de Rochefort était mort pourvu, moyennant la somme de 60,000 livres tournois, dont mondit sieur de Bévy créa rente annuelle et perpétuelle au denier vingt-cinq, au profit de ladite dame de la Guiche.

Par autre acte reçu le même notaire et son collégue, le 2 décembre 1777, contrôlé le lendemain, M.<sup>me</sup> de la Guiche a donné quittance à M. de Bévy, d'une somme de 3o,ooo livres, de telle sorte que le capital de 60,000 livres, dont il vient d'être parlé, s'est trouvé réduit à la somme de 3o,ooo.

Les choses étaient dans cet état, lorsque la révolution française éclata.

M. de Bévy ayant quitté la France peu après, son nom fut inscrit sur la liste des émigrés, ses biens meubles et immeubles confisqués et vendus administrativement, à l'exception de quelques bois qui lui ont été rendus en vertu de la loi du 5 décembre 1814

Mme. de la Guiche, qui prétend n'avoir pas été liquidée par le Gouvernement, à raison de la rente au capital de 3o,ooo livres, a actionné M. de Bévy, afin de le forcer à reconnaître et à payer les arrérages échus. M. de Bévy oppose à cette demande, que d'après les lois révolutionnaires qui l'ont dépouillé de la majeure partie de sa fortune, Mme. de la Guiche n'a pu s'adresser qu'au Gouvernement, pour obtenir le paiement de son capital et des intérêts de sa créance ; qu'elle est non-recevable dans la demande qu'elle lui forme, et doit en être déboutée avec dépens.

## Points de droit.

1.º M. de Bévy est-il déchargé des dettes par lui contractées ayant son émigration ?

2.º S'il n'est point déchargé pour le tout, de la dette réclamée par Mme. de la Guiche, la créance de cette dernière n'est-elle pas au moins réductible dans la proportion de la fortune ancienne du débiteur, comparée avec la valeur des biens qui lui ont été rendus ?

3.º Quelles sont les bases qui doivent fixer cette réduction ?

4.º Enfin, quel doit être le sort des dépens ? *Signé* PERROTTE.

Signifié le 6 janvier 1821, à M.ᵉ Gleize, avoué, parlant à son clerc. Coût 27 cent. *Signé* MICHEL. Enregistré à Dijon le 8 janvier 1821. Reçu 55 centimes, dixième compris. *Signé* GAGNERAUX.

La cause appelée, parties ouïes et le procureur du Roi en ses conclusions,

Considérant qu'avant la restauration les

2

émigrés étaient considérés comme coupables d'un grand crime ; ils furent bannis à perpétuité du territoire français, avec défense d'y rentrer, sous peine de mort ( art. 1.er et 2.e du titre IV de la loi du 25 brumaire an III.) Leurs biens furent en même temps confisqués et acquis à la république.

En exécution de cette loi et de celles qui l'ont précédée et suivie, tous leurs biens meubles et immeubles ont été vendus, à l'exception des cantons de bois d'une étendue de trois cents arpens, et de quelques immeubles donnés à des hospices, ou destinés à un service public.

Les créanciers des émigrés ont été déclarés créanciers directs de la république ; ils ont été tenus de faire liquider leurs créances dans un délai de quatre mois, à peine de déchéance ( art. 1.er et 11 du titre I.er du décret du 1.er floréal an III ); ce délai a été plusieurs fois prorogé, mais la déchéance définitive a été prononcée long-temps avant la restauration.

Un grand nombre d'individus furent rayés, ou éliminés, d'après des actes du Gouvernement consulaire, et il intervint notamment un sénatus-consulte, en date du 6 floréal an X, qui accorde amnistie, pour fait d'émigration, à tout individu qui en est prévenu et n'est pas rayé définitivement par le sénatus-consulte. Les biens des émigrés, qui étaient encore entre les mains de la nation, leur furent rendus, à l'ex-

ception de leurs bois qui avaient été déclarés inaliénables.

Par ce sénatus-consulte , les émigrés ne
ne cessèrent point d'être considérés comme
comme ayant été criminels ; ils furent mis
sous la surveillance du Gouvernement pendant dix années ( art. 12 ).

Ce sénatus-consulte ne s'était point occupé des créanciers des émigrés ; mais un arrêté du 3 floréal an xi , autorisa les créanciers à se pourvoir contre les émigrés
rayés , éliminés ou amnistiés , pour le paiement de ce qui leur était dû ; il accorda
même cette faculté à ceux qui avaient sol-
licité la liquidation de leurs créances, conformément au décret du 1.er floréal an iii ,
mais qui n'avaient pas reçu leur liquidation
définitive.

C'est d'après cet arrêté, que plusieurs arrêts
et jugemens ont condamné les émigrés rayés,
éliminés ou amnistiés , à payer à leurs créanciers tout ce qu'ils leur devaient en vertu
de titres antérieurs à leur émigration.

Depuis la restauration, l'émigration n'est
plus considérée comme un crime ; et ceux
qui ne sont rentrés qu'avec leur souverain,
ou postérieurement , n'ayant pas profité de
l'amnistie, ne peuvent être jugés d'après
la jurisprudence qui a été la suite de l'arrêté du 21 floréal an xi ; on ne peut même
pas les considérer comme émigrés, puisque
les listes , sur lesquels se trouvaient leurs
noms , ont été explicitement abolies par
l'ordonnance de sa majesté, du 21 août 1814.

D'après les termes dont le Roi s'est servi dans le préambule de cette ordonnance, on ne peut pas la considérer comme accordant une grâce ; ainsi il est évident que la cause des créanciers des émigrés ne peut pas être aujourd'hui jugée d'après la jurisprudence qui s'était formée depuis l'an x, jusqu'au moment de la restauration, puisque cette jurisprudence n'était applicable qu'aux émigrés qui, ayant été rayés, éliminés ou amnistiés par des arrêtés rendus à titre de grâce, devaient se soumettre aux conditions que l'arrêté du 21 floréal an xi leur avait imposées ;

Qu'on ne peut pas plus s'arrêter aux principes du droit commun, parce que les règles de ce droit ne sont établies que pour les cas ordinaires qui se présentent tous les jours, et qu'il a été impossible de prévoir la position dans laquelle se sont trouvés les émigrés et leurs créanciers ;

Que cette position ne peut être comparée ni à celle où se trouve un débiteur en déconfiture, qui a fait cession de biens à ses créanciers, ni à celle d'un père qui fait démission de ses biens au profit de ses enfans, parce que, dans ces deux cas, l'abandon est fait volontairement, tandis que les émigrés n'ont fait aucune cession, et que le Gouvernement usurpateur s'est emparé de leurs biens contre leur gré ;

Qu'on ne peut pas non plus exciper de la maxime que celui qui, *par son fait*, porte préjudice à autrui, est obligé de le réparer, parce que le fait de l'émigration est l'effet d'une force majeure à laquelle les émigrés n'ont rien pu opposer, et que dans le cas particulier, la position des créanciers de M. de Bévy n'aurait pas été meilleure, quand il n'aurait pas émigré, puisque sa tête ayant été mise à prix, il aurait infailliblement succombé sous la hache révolutionnaire, ce qui aurait toujours entraîné la confiscation de ses biens;

Que la loi du 5 décembre 1814 ne contient elle-même aucune disposition favorable à Mme. de la Guiche, en ce qu'elle demande la totalité de sa créance.

Qu'en consultant les treize premiers articles de cette loi, on voit que le Roi voulant réparer, autant que cela était possible, les pertes qu'avait éprouvées une classe recommandable de ses sujets, long-temps victime de l'inscription sur les listes des émigrés, propose aux Chambres de leur faire remise des biens leur ayant appartenu et qui n'ayant pas été vendus, se trouvent réunis au domaine de l'Etat; que les deux Chambres ayant approuvé ce projet, la remise a été ordonnée.

Si la loi se fût bornée à ces treize articles, il est évident que les créanciers n'auraient eu aucune action contre ceux à qui la remise a été faite, parce que les biens remis ayant été réunis au domaine, n'étaient rentrés dans les mains des émigrés, que par un effet de la libéralité du Souverain. On ne pourrait pas dire non plus

que les droits des créanciers, qui avaient
été éteints par suite de la confiscation,
avaient repris leur force, par l'effet de
cette remise, parce que ces biens étant af-
franchis de toutes dettes tandisqu'ils étaient
dans le domaine de l'Etat, sont arrivés dans
les mains des émigrés également francs de
toutes charges.

Mais lorsque les créanciers ont été ins-
truits du projet de la loi, il a été présenté
des observations tendant à faire revivre
leurs créances, et ces observations ont donné lieu à une longue discussion, à la suite
de laquelle l'art. 14 a été ajouté ; il est
ainsi conçu : « Il sera sursis jusqu'au 1.er
» janvier 1816, à toute action de la part
» des créanciers des émigrés sur les biens
» remis par la présente loi ; lesdits créanciers
» pourront néanmoins faire tous les actes
» conservatoires de leurs créances. » Qu'il
est impossible d'admettre, comme le prétend
Mme. de la Guiche, que par cet article les
droits des créanciers ont été reconnus, et
qu'il n'accorde aux émigrés qu'un délai
semblable à celui que l'art. 1244 du Code
civil autorise les juges à accorder à un débiteur malheureux, pour se libérer d'une
somme par lui due.

Que pour se convaincre que tel n'a point
été l'objet de cet article, et que les législateurs n'ont voulu que prendre le temps nécessaire pour rendre une loi qui déterminât
les droits des créanciers, il ne faut que
recourir à la discussion qui a précédé cet

art. 14. On y voit que plusieurs membres de la Chambre des députés ont proposé de déterminer la portion pour laquelle les créances des émigrés subsisteraient ; que la matière a été regardée comme trop importante pour y statuer sans un projet de loi présenté par sa majesté et sans y réfléchir mûrement ; que tout ce que l'on peut induire de cet article, c'est que les droits des créanciers n'ont pas été rejetés ; c'est qu'il a été reconnu qu'ils en avaient, puisqu'ils ont été autorisés à faire tous les actes conservatoires de leurs créances : mais comme aucune loi n'en a fixé la quotité, qu'il n'existe aucune loi française dont on puisse, par analogie, faire l'application à cette cause, il convient de recourir aux lois romaines, qui, ainsi que l'équité, déterminent la quotité de la créance de la dame de la Guiche dont M. de Bevy peut être tenu.

Or, la loi 3, C., *de sentent. passis et restitutis*, s'occupant du déporté qui a été rendu à l'état civil, dit positivement que s'il n'a pas été restitué dans tous les biens qui avaient été confisqués, il est déchargé de ses dettes contractées avant la confiscation ; puis elle ajoute : s'il recouvre une partie de ses biens, il est tenu de ses dettes au prorata de cette portion : *Si debitor pœnam sententiae passus est, quam bonorum ademptio secuta est, quamvis posteà civitati romanæ restitutus, non totam substantiam, sed aliquid ex indulgentiâ principis ut haberet impetravit, œris tamen alieni ex precedente tempore pœnœ liberatus est. Si verò partem bonorum accepit, pro ratâ portione ejus tenetur;*

Que l'application de cette loi se fait naturellement à cette cause. M. de Bévy ayant été déclaré mort civilement, ses biens ont été confisqués : le souverain légitime a déclaré que c'était injustement que, dans un temps de trouble et d'anarchie, les émigrés ont été privés de la vie civile; il a aboli les listes d'émigrés ; il n'a pas pu rendre à ces victimes de la fidélité tous leurs biens, parce qu'ayant été réunis au domaine de l'État, la majeure partie en a été vendue par le gouvernement qui a précédé la restauration; mais sa majesté a fait tout ce qui était possible, en rendant aux émigrés, de concert avec les Chambres, tous les biens non vendus qui leur avaient appartenu ;

Que cette loi a pour base un principe d'équité ;

Que la confiscation étant un événement de force majeure, la perte qui en a été la suite ne peut pas retomber tout entière sur les émigrés, qui, aujourd'hui, ne peuvent pas être déclarés coupables d'avoir suivi leur souverain sur un sol étranger;

Que si l'on condamnait les émigrés à payer la totalité de leurs anciennes dettes, la loi du 5 décembre 1814 aurait été rendue au profit des créanciers des émigrés, et non en faveur des émigrés eux-mêmes; et cependant il est évident qu'il a été dans l'intention des législateurs de venir au secours des émigrés ;

Que dans le projet de la loi du 5 décembre
1814 il n'avait pas été question des créanciers; que si l'on s'en est occupé lors de la
discussion, et si cette discussion a donné
lieu à l'art. 14, il est impossible de con-
clure de cet article que leurs créances ont été
reconnues pour le tout; que tout ce qu'on
peut en inférer, c'est que les créanciers
n'ayant pas reçu du gouvernement ce qui
leur était dû, pouvaient avoir quelques droits
qui seraient déterminés.

Considérant, d'un autre côté, que si
madame de la Guiche ne peut pas se pré-
valoir des principes du droit commun pour
demander l'intégralité de sa créance, M. de
Bévy ne peut pas non plus lui-même, et par
la même raison, exciper de ces mêmes principes;

On ne peut pas dès-lors admettre que la
dette ait été éteinte ni par la novation, ni
par la confusion. En ce qui concerne la novation, pour qu'elle pût opérer la libération,
il faudrait au surplus, suivant l'art. 1271 du
Code civil, qu'en se chargeant d'acquitter
les dettes des émigrés, la république eût dit
qu'au moyen de cette substitution, les anciennes dettes se trouveraient éteintes : c'est
ce que ne porte pas la loi du 1.er floréal an 3;

Que pour que la confusion soit un moyen
de libération, il faut que la réunion des
qualités de créanciers et de débiteurs soit
perpétuelle, si on peut s'exprimer ainsi,
comme dans le cas où le débiteur devient
l'héritier pur et simple du créancier; et,

dans aucun temps, la république n'a jamais pu être considérée comme l'héritière des émigrés;

Que, dans cet état de choses, il faut écarter les lois et actes du gouvernement usurpateur, et les règles du droit commun, pour ne s'attacher qu'à la loi du 5 décembre 1814, qui préjuge que les émigrés ne sont pas entièrement libérés, et que leurs créanciers ont encore contre eux des droits quelconques; et comme les législateurs ne s'expliquent pas sur la quotité de ces droits, c'est le cas de les déterminer conformément aux lois romaines, que les Tribunaux doivent consulter comme raison écrite dans le silence de notre législation;

Que c'est d'autant mieux le cas de faire l'application de la loi 3 au C., *de Sententiam passis*, qu'un de nos plus savans magistrats, le président Bouhier, a cité lui-même cette loi à l'appui de son opinion, que *si le condamné à mort naturelle ou civile, est encore en vie, il est quitte de toutes dettes antérieures à su condamnation*. (Chap. 55 de ses *Observations sur la Coutume de Bourgogne*, n.º 451, p. 509, 2.e vol., nouv. édit.); qu'ainsi ce sera adjuger à la dame de la Guiche tout ce qu'elle peut raisonnablement demander, que de condamner M. de Bévy à lui payer sa créance dans la proportion des biens qui ont été remis à ce dernier, eu égard à ceux dont il a été privé par l'effet de la confiscation, de manière que s'il n'a recouvré que le dixième de ses biens, il ne sera tenu de ne payer que le dixième de sa créance. Mais pour déterminer cette quantité, il faut nécessairement connaître la valeur des biens confisqués et celle des biens remis.

Par ces motifs, le Tribunal, parties ouïes, et le procureur du Roi, après en avoir délibéré, a ordonné et ordonne, avant faire droit, que, dans le délai de trois mois, à compter de la signification du présent jugement, M. de Bévy produira un état détaillé de tous les biens meubles et immeubles dont le gouvernement s'est emparé par suite de la confiscation prononcée contre lui comme étant inscrit sur une liste d'émigrés, en donnant à chaque article dudit état la valeur vénale de 1790, lequel comprendra en outre les dettes actives dont le gouvernement s'est emparé ;

Qu'à la suite du même état, M. de Bévy désignera, aussi par articles, tous les biens qui lui ont été rendus en exécution de la loi du 5 décembre 1814, en donnant aussi à chaque immeuble la valeur de 1790, pour, à la vue dudit état que la dame de la Guiche pourra contredire dans le délai de trois mois à compter de la signification qui lui en aura été faite, être statué ce qu'il appartiendra, tous dépens réservés.

Fait, jugé et prononcé en l'audience publique civile du Tribunal de première Instance de Dijon, tenue le 31 août 1820, par MM. NICOD, président ; DELAMARCHE, DEVE-

NET, MOREL, juges, et BELOST, procureur du Roi.

*Signé à la minute* NICOD et NAISSANT.

Mandons et ordonnons, etc.; en foi de quoi, le présent jugement a été signé à la forme de la loi.

Enregistré à Dijon, le 18 septembre 1820, etc.                           *Signé* GAGNERAUX.

Collationné. *Signé* MAIROT.

# ARRÊT

*De la Cour royale de Dijon ( 1.<sup>re</sup>*
*Chambre ), du 14 août 1821, entre*
*M.<sup>me</sup> la marquise DE LA GUICHE et*
*M. DE BÉVY.*

LOUIS PAR LA GRACE DE DIEU, ROI DE
FRANCE ET DE NAVARRE, à tous présens et
à venir, salut :

La Cour royale, séant à Dijon, a rendu
l'arrêt dont la teneur suit :

Entre M. Louis-Philibert-Joseph JOLY DE
BÉVY, ancien président à mortier au Parlement de Bourgogne, demeurant à Dijon,
appelant de sentence rendue par le Tribunal civil de première Instance de Dijon,
le 31 août 1820, d'une part ;

Mme. Jeanne-Marie DE CLERMONT-MON-
TOISON, veuve de M. Charles-Amable, marquis DE LA GUICHE, demeurant à Paris, in-
timée, d'autre part ;

Et entre ladite dame marquise DE LA
GUICHE, aussi appelante de ladite sentence
du 31 août 1820, d'une part ;

Mondit sieur JOLI DE BÉVY, intimé, d'autre
part,

Par laquelle sentence il a été dit :

» Le Tribunal, parties ouïes et le pro-
» cureur du Roi, après en avoir délibéré,
» a ordonné et ordonne, avant faire droit,
» que, dans le délai de trois mois, à
» compter de la signification du présent

» jugement, M. de Bévy produira un état
» détaillé de tous les biens meubles et im-
» meubles dont le Gouvernement s'est empa-
» ré, par suite de la confiscation prononcée
» contre lui, comme étant inscrit sur une liste
» d'émigrés, en donnant à chaque article
» de cet état la valeur vénale de 1790, le-
» quel comprendra encore les dettes actives
» dont le Gouvernement s'est emparé ;

» Qu'à la suite du même état, M. de
» Bévy désignera aussi par article tous les
» biens qui lui ont été rendus, en vertu de
» la loi du 5 décembre 1814, en donnant
» aussi à chaque immeuble la valeur de
» 1790, pour, à la vue dudit état, que
» la dame de la Guiche pourra contredire,
» dans le délai de trois mois, à compter
» de la signification qui lui en aura été
» faite, être statué ce qu'il appartiendra,
» tous dépens réservés. »

Et entre mondit sieur JOLY DE BÉVY, demandeur aux fins d'exploit, du 30 janvier
1821, dûment enregistré ; ledit exploit contenant appel de ladite sentence du 31 août
1820, et assignation par-devant la Cour
royale de Dijon, d'une part,

La dame veuve marquise DE LA GUICHE,
d'autre part ;

Et entre ladite dame veuve marquise DE
LA GUICHE, aussi demanderesse aux fins de
l'exploit du 5 février 1821, contenant appel
de la même sentence du 31 août 1820, et
citation par-devant la Cour royale de Dijon,
sur l'appellation ci-dessus, d'une part ;

Mondit sieur JOLY DE BÉVY, défendeur et cité, d'autre part;

Et entre mondit sieur JOLY DE BÉVY, demandeur à l'audience,

A CE QU'IL PLAISE A LA COUR, sans s'arrêter à l'appellation interjetée par Mme. la marquise de la Guiche, de la sentence dudit jour 31 août 1820, laquelle sera mise à néant; faisant droit sur celle interjetée par mondit sieur Joly de Bévy, de la même sentence, mettre icelle et ce dont est appel au néant; et par nouveau jugement, renvoyer mondit sieur Joly de Bévy des demandes, fins et conclusions de la dame veuve de la Guiche, et la condamner aux dépens des causes principale et d'appel.

*Signé* DE BÉVY et PIGNOLET, avoué.

La dame veuve marquise DE LA GUICHE, défenderesse, d'autre part;

Et entre ladite dame veuve marquise DE LA GUICHE, aussi demanderesse à l'audience :

A CE QU'IL PLAISE A LA COUR, sans s'arrêter à l'appellation émise par M. de Bévy, du jugement rendu par le Tribunal civil de première Instance de Dijon, du 31 août 1820, dans laquelle il sera déclaré mal fondé; faisant droit au contraire sur celle émise du même jugement par Mme. veuve de la Guiche, mettre icelle et ce dont est appel à néant, et par nouveau jugement, condamner M. de Bévy, 1.º à se trouver, dans les vingt-quatre heures qui suivront la signification de l'arrêt à intervenir, en l'étude et par-devant tel notaire de la ville de Dijon, qui lui sera indiqué, pour y passer en faveur de la dame veuve de la Guiche, titre nouvel et reconnaissance de la rente au principal originaire de 60,000 liv. tournois, réduit par le paiement qui a eu lieu à 30,000 liv., ladite constitution de rente faite par acte reçu Molée, notaire à Dijon, le 5 décembre 1776, contrôlé le lendemain, et portant arrérages au denier vingt-cinq; sinon et faute de quoi faire dans ledit délai, il sera dit, dès à présent comme pour lors, que l'arrêt à intervenir tiendra lieu de ladite reconnaissance ;

2.º A payer à Mme. veuve de la Guiche, à la signification dudit arrêt, les arrérages de ladite rente, avec intérêts, à compter du jour de la demande en justice, et à desservir à l'avenir ladite rente; condamner enfin M. de Bévy aux dépens des causes principale et d'appel. *Signé* LAURENCIER, avoué de Mme. veuve de la Guiche, d'une part.

M. JOLY DE BÉVY, défendeur, d'autre part.

### FAITS.

M. Joly de Bévy, ancien président au Parlement de Bourgogne, a émigré en 1791, et il n'est rentré en France avec les princes qu'en 1814.

L'Etat lui a fait remise, en exécution de la loi du 5 décembre 1814, de quelques cantons de bois ayant fait partie d'une fortune autrefois considérable.

La dame veuve marquise de la Guiche, créancière, en vertu de titre authentique, de M. de Bévy, d'une somme de 30,000 l., restant du prix d'une charge de président au Parlement de Bourgogne, prétendit que cette somme devait lui être payée.

M. de Bévy résista, sur le motif que les lois relatives aux émigrés ayant été maintenues par la loi du 5 décembre 1814, il y avait eu novation dans la personne du débiteur de la dame veuve de la Guiche qui, par l'effet de ces lois, avait dû recouvrer sa créance sur l'Etat avant la déchéance prononcée par la loi du 25 février 1808.

Alors Mme. veuve de la Guiche, après avoir tenté inutilement la conciliation, a fait assigner, le 29 avril 1820, M. Joly de Bévy devant le Tribunal de première Instance de Dijon, pour passer titre nouvel et reconnaissance relativement à la créance de 30,000 liv., pour en payer les arrérages échus et les desservir à l'avenir.

Mme. veuve de la Guiche, en assignant, a donné copie de trois actes notariés, en date des 5 décembre 1776, 17 août 1777 et 2 décembre même année, tous constitutifs de l'ancienne dette de M. de Bévy.

M. de Bévy a constitué avoué sur cette citation, et la cause portée à l'audience, il y est intervenu, le 31 août 1820, le jugement dont le dispositif est transcrit en tête des présentes qualités.

Le 30 janvier 1821, M. de Bévy a interjeté appel de ce jugement.

Le 5 février suivant, Mme. veuve de la
Guiche en a aussi interjeté appel, et les
deux appellations ont été jointes par arrêt
du 17 dudit mois de février.

L'affaire ayant été fixée à l'extraordinaire,
et ayant été appelée aux audiences des
12 et 14 avril présent mois, les parties ont
respectivement pris les conclusions ci-devant
rappelées, et leurs moyens ont été plaidés
par le ministère de leurs avocats.

La discussion a fait naître les questions
suivantes à décider : 1.º les émigrés, rendus
à la vie civile par l'ordonnance royale du
21 août 1814, sont-ils personnellement pas-
sibles des dettes par eux contractées avant
leur émigration ?

2.º Les mêmes émigrés, rentrés en vertu
de l'ordonnance de 1814, et à qui il a été
rendu des biens par suite de la loi du 5 décembre 1814, sont-ils, en vertu de l'action
hypothécaire, tenus au paiement de ces
mêmes dettes ? — Le sont-ils comme détenteurs des biens précédemment hypothéqués
à ces dettes ?

Tels sont les qualités, conclusions, points
de fait et de droit du procès d'entre les parties, et qui seront signifiés, sous toutes ré-
serves, à Mme. veuve de la Guiche, à la voie
de M.ᵉ Laurencier, avoué à la Cour royale,
le sien cette part constitué. *Signé* PIGNOLET,
avoué.

Signifié le 27 avril 1821 à M.ᵉ Laurencier,

avoué, parlant à son clerc. Coût 68 cent,
Signé FRANÇOIS.

Enregistré à Dijon, le 28 avril 1821, par
Gagneraux qui a perçu le droit de 1 f. 10 c.

Cejourd'hui 28 avril 1821, a comparu
M.ᵉ Brun, pour M.ᵉ Laurencier, avoué de
Mme. de la Guiche, lequel nous a déclaré
qu'il s'opposait aux qualités ci-dessus, et
s'est soussigné avec nous.

Pour M.ᵉ Laurencier, *Signé* BRUN.

Parties ouïes ; savoir :

La veuve de la Guiche, par l'organe de
l'avoué Laurencier,

Et le sieur de Bévy, par le ministère de
l'avoué Pignolet.

Nous André Ruelle, doyen des conseillers,
faisant en l'absence de M. le premier Président, et pour cause de maladie de M. le
président de la chambre,

Disons que les présentes qualités de-
meurent maintenues en leur entier.

Fait, jugé en référé en la chambre du
conseil de la Cour royale de Dijon, le lundi
30 avril 1821, et nous nous sommes soussigné avec le greffier-commis, nous assistant.

*Signé* RUELLE et FEUVRIER.

La cause placée au rôle général sous le
n.º       ( 1821 ), ayant été appelée,

Ouï les parties aux audiences des 12 et
14 avril, par l'organe de leur avocat respec-
tif, savoir :

M. de Bévy, par l'avocat Morcrette,
assisté de l'avoué Pignolet ;

Mme. la marquise de la Guiche, par l'avocat Varembey, assisté de l'avoué Laurencier;

Vù les lois des 28 mars 1793, article 1.er; 25 juillet 1793, article 13; 6 floréal an III; 24 frimaire an VI, articles 34 et suivans; le sénatus-consulte du VI floréal de l'an X; l'arrêté du gouvernement du 3 floréal an XI; le décret du 25 février 1808, sur la liquidation de la dette publique; l'ordonnance royale du 21 août 1814, et enfin, la loi du 5 décembre 1814.

Sur la première question : — Considérant que par la loi du 28 mars 1793, les émigrés ont été déclarés morts civilement, et leurs biens confisqués au profit de l'Etat; que les lois postérieures, et notamment le décret du 28 vendémiaire an IX, qui en a éliminé un grand nombre; le sénatus-consulte du 6 floréal de l'an X, qui a amnistié tous ceux qui rentreraient sur le territoire français, dans un temps donné, et sous certaines conditions; et enfin, l'ordonnance du 21 août 1814, qui a définitivement aboli toutes les inscriptions sur la liste des émigrés, n'ont détruit les effets de la mort civile, encourue par les émigrés, que pour l'avenir et du jour où ces différentes lois ont été rendues, d'où suit la conséquence, que la mort civile ayant réellement existé dans le temps intermédiaire entre l'inscription et la radiation, il faut rechercher quels ont été ses effets vis-à-vis des émigrés; or, il est

de principe que la succession des morts
civilement est ouverte, et que si elle n'eût
pas été frappée de confiscation, leurs héritiers naturels l'eussent recueillie comme s'ils
étaient morts naturellement ; et comme il
est constant que les héritiers naturels, en
appréhendant la succession, eussent été
tenus de toutes les charges, il s'ensuit que
l'Etat qui, par la confiscation, s'est mis à
leur place, est de même tenu de toutes
ces charges; d'ailleurs, tous les jurisconsultes
qui ont écrit sur la matière, d'accord en
cela avec les lois romaines, décident que
que la mort civile, suivie de confiscation de
biens, libère entièrement celui qui l'a encourue, des dettes par lui contractées antérieure-
ment, et que les créanciers n'ont de recours
que contre le confiscateur, et cet avis est
aussi celui de l'auteur du *Répertoire de
Jurisprudence*, ainsi qu'il l'a établi par une
foule de citations en son 15.ᵉ volume ( au
mot *Émigration* ), et en ses *Questions de
Droit* ( au mot *Inscription hypothécaire* ),
dans l'affaire du sieur de Crollebois.

Considérant que cette doctrine est encore
d'accord avec les lois qui régissent plus spécialement la matière : en effet, la loi du
25 juillet 1793, déchargeait les biens des
émigrés de toutes les dettes et hypothèques
qui les grevaient, et celle du 1.ᵉʳ floréal
an III déclarait les créanciers des émigrés,
créanciers directs de l'Etat, et leur ordon-
nait de produire leurs titres dans un certain
délai pour être liquidés ; dès-lors il y a

eu, par la volonté irrésistible du législateur, novation dans la créance, et quand même la mort civile n'aurait pas déchargé de ses dettes celui qui l'avait encourue, l'émigré en aurait été déchargé par l'effet de la loi du 1.er floréal an III, puisqu'elle donnait positivement un nouveau débiteur au créancier de l'émigré; puisqu'elle éteignait toutes les actions personnelles ou réelles, relativement aux émigrés; qu'elle défendait aux créanciers de poursuivre devant l s tribunaux celles commencées, ou d'e<sup>e</sup>n intenter de nouvelles; fut-il jamais novation plus formelle et plus clairement exprimée!

Considérant que l'article 12 de l'arrêté du 3 floréal an XI, en admettant les *créanciers des émigrés rayés, éliminés ou amnistiés, à, demander leur liquidation, s'ils prétendent que leurs débiteurs n'ont reçu aucune restitution de biens, ou qu'ils n'en possèdent pas de suffisans pour les payer,* a implicitement décidé que toute action personnelle était éteinte contre ces émigrés; car, si elle fut restée à ces créanciers contre leurs anciens débiteurs, comme ceux-ci pouvaient revenir à meilleure fortune, et être en état de payer leurs dettes, l'Etat ne se serait pas obligé à liquider les créanciers;

Considérant que la loi du 5 décembre 1814, en rendant aux émigrés leurs anciennes propriétés, non aliénées par le fisc, a, par son article 1.er, maintenu de plus fort toutes les lois et tous les actes du gouvernement, relatifs à l'émigration ; d'où suit la conséquence, que les anciens créanciers des émigrés, devenus créanciers du fisc, par la loi du 1.er floréal an III, sont restés tels, et ne sont pas redevenus créanciers des émigrés, ainsi que l'établit tout aussi doctement M. Merlin, dans la même affaire Crollebois ; d'où suit encore la conséquence, qu'ils n'ont aucune action personnelle contre ces émigrés, et qu'ils ne peuvent s'adresser qu'au fisc ; si toutefois, par l'effet de quelques lois, ils n'ont pas encouru la déchéance qui, étant une espèce de prescription, leur enlève définitivement tous droits.

Sur la seconde question : — Considérant que les émigrés, rendus à la vie civile par l'effet de l'ordonnance du 21 août 1814, ne peuvent, comme détenteurs de leurs anciennes propriétés, être tenus d'acquitter les dettes par eux contractées avant leur mort civile, qu'autant que l'Etat confiscataire y aurait lui-même été tenu à cette époque, et qu'autant qu'en leur remettant, par la loi du 5 décembre 1814, les biens invendus qui leur avaient autrefois appartenu, le législateur leur aurait imposé l'obligation d'acquitter les dettes qui les avaient autrefois grevés ;

Considérant qu'à l'époque du 21 août 1814, l'Etat n'était plus obligé au paiement des dettes des émigrés. Et, en effet, si l'Etat, comme confiscataire, était à l'époque des confiscations naturellement tenu de ces dettes, il en était tenu en vertu des lois sur l'émigration, et notamment en vertu de celle du 1.er floréal an III, qui avait déclaré les créanciers des émigrés créanciers directs de l'Etat : cette obligation avait été par lui soumise à l'accomplissement de quelques obligations dont le défaut devait opérer la libération ; ces obligations étaient la remise des titres de créance, afin que, soumis à une commission de liquidation, ils fussent par elle vérifiés pour être ensuite payés, et ce sous peine de déchéance si, dans un délai déterminé, cette production n'était pas faite : délai d'abord fixé à un terme très-court, ensuite prorogé, et enfin fixé définitivement, par décret du 25 février 1808 au 1.er janvier 1810, jour auquel la commission de liquidation était dissoute, et les créanciers qui ne s'étaient pas fait liquider, définitivement déchus de leurs créances ;

Considérant que dès-lors l'Etat n'a plus été tenu à aucune des dettes des émigrés ; dès-lors ceux des biens qui leur avaient appartenu étaient entièrement libres entre ses mains ; dès-lors, en les donnant aux émigrés, il leur en a fait remise dans le même état où il les possédait lui-même, et l'Etat étant libéré, les émigrés, qu'il a mis en son lieu et place, le sont comme lui ;

Considérant que vainement prétend-on tirer quelqu'argument du sénatus-consulte du 6 floréal de l'an X, ou plutôt de l'arrêté du gouvernement du 3 floréal an XI, et de la jurisprudence admise par quelques Cours et par celle de Cassation. A l'époque de ce sénatus-consulte et de cet arrêté, les créanciers des émigrés avaient l'intégralité de leurs droits, l'Etat était leur débiteur, et le législateur pouvait certainement, en amnistiant les émigrés, leur imposer l'obligation d'acquitter tout ou partie de leurs dettes; la jurisprudence des arrêts était donc fondée en droit alors. C'est ce qui est savamment établi par M. Merlin, dans le 15.ᵉ volume de son Répertoire, au mot *Emigration*; mais ce qui était légal alors, ne le serait plus; l'Etat, en 1814, n'était plus obligé envers les créanciers, et les émigrés, qui sont à ses droits, ne sont pas plus obligés.

Tout aussi vainement exciperait-on de l'article 14 de la loi du 5 décembre 1814. D'abord cet article n'est attributif, ni même recognitif d'aucun droit : il ne fait que suspendre les actions de ceux qui pourraient avoir des droits. Ainsi, sous ce rapport, on pourrait dire qu'il ne préjuge rien ; mais comme cette loi, tout entière politique, cette loi, toute de grâce et de faveur, faisait remise à tous les inscrits quelconques sur les listes des émigrés, de la totalité des biens encore dans les mains du fisc ; qu'elle ne faisait aucune distinction des émigrés injustement mis sur la liste et rayés sur la production de certificats de résidence, d'émigrés éliminés, amnistiés, ou enfin de ceux rendus à la vie civile par l'ordonnance du 21 août 1814, il résulte de ce qui vient d'être dit plus haut, que ces divers émigrés étant dans

des catégories différentes, les créanciers
des uns pouvaient avoir quelques droits à
exercer, pendant que les créanciers des der-
niers, définitivement déchus, n'en avaient
plus aucuns.

Enfin, nous avons dit qu'il faudrait qu'en
leur faisant remise de ces biens invendus,
le législateur leur eût imposé l'obligation
d'acquitter les dettes qui les avaient autrefois grevés. Mais loin qu'on puisse voir dans
la loi rien d'où on puisse induire, même
indirectement, cette obligation, tout, au
contraire, y répugne ; car l'article 1er, en
*maintenant, soit envers l'Etat, soit envers*
*les tiers, toutes décisions, tous actes passés,*
*tous droits acquis avant la publication de la*
*Charte et qui seraient fondés sur des lois ou*
*actes du gouvernement relatifs à l'émigra-*
*tion*, a évidemment maintenu de plus fort
le décret du 25 février 1808, qui déclarait
les créanciers déchus ; et dès-lors le législateur n'a pu avoir l'intention d'obliger les
émigrés rendus à la vie civile par l'ordonnance du 21 août 1814, à payer des dettes
qui n'existaient plus. Pour le faire, il faudrait qu'il eût d'abord révoqué le décret du
25 février 1808, et autres lois qui ont libéré
l'Etat ; qu'il eût relevé de la déchéance ceux
des créanciers qui l'avaient encourue, et
ensuite qu'il eût nominativement chargé les
émigrés de désintéresser ces créanciers, ce
qui serait contradictoire avec l'art. 1.er de
cette loi. Loin de là, tout son ensemble
montre que le législateur a fait et voulu faire

une remise de grâce, une pure libéralité sans aucune condition, un acte de munificence avec des biens libres de toutes charges, qui lui appartenaient légalement, et dont il pouvait disposer comme il le voulait : c'est d'ailleurs ainsi que la Cour de Cassation a interprêté cette loi dans son arrêt de 1819, dans l'affaire Duclaux.

Concluons donc de tout ce que dessus, que les émigrés rendus à la vie civile par l'ordonnance du 21 août 1814, ne sont tenus ni personnellement, ni comme détenteurs des biens dont ils avaient été autrefois propriétaires, d'acquitter les dettes dont ils étaient grevés avant leur mort civile.

Par ces motifs,

La Cour, sans s'arrêter à l'appellation interjetée par Jeanne-Marie Clermont-Montoison, veuve du marquis de la Guiche, du jugement rendu en la cause par le Tribunal de première Instance de Dijon, le 31 août 1820, met icelle à néant ;

Faisant droit sur l'appellation interjetée par Louis-Philibert-Joseph Joly de Bévy, dudit jugement, met ladite appellation et ce dont est appel à néant ; et, par nouveau jugement, renvoie Joly de Bévy des demandes, fins en conclusions de la marquise de la Guiche, et condamne celle-ci aux dépens des causes principale et d'appel, ainsi qu'en l'amende de 10 francs ;

Ordonne la restitution de l'amende consignée sur l'appellation du sieur de Bévy.

Fait, jugé et prononcé en l'audience pu-

blique de la Cour royale, séant à Dijon , le
samedi 14 avril 1821 , par la chambre civile,
où siégeaient MM. RANFER DE MONCEAU,
chevalier de l'ordre royal de la Légion-d'hon-
neur , premier président ; RUELLE, HENRYS-
MARCILLY, DEBARBIER, LEFEBVRE DE PLANQUE,
DESRIOUX DE MESSIMY , chevalier de l'ordre
royal et militaire de Saint-Louis ; LORIN,
MATHIEU , tous conseillers ; DELAGOUTE,
conseiller-auditeur , ayant l'âge requis par
la loi.

*Signé à la minute :* RANFER DE MONCEAU,
et FEUVRIER , greffier-commis.

Plus bas est écrit : Enregistré à Dijon ,
le 27 avril 1821 , fol.º 191, case 8. Reçu 11 f. ,
décime compris.     *Signé* GAGNERAUX.

Mandons et ordonnons, etc. En foi de
quoi le présent arrêt a été signé par le président et le greffier-commis.

# ANALYSE SUBSTANTIELLE

*Des Moyens qui ont été plaidés pour madame* DE LA GUICHE.

Toute la défense de M. de Bévy se réduit à deux points :

Plus d'action personnelle contre l'émigré, résultant de l'obligation contractée avant son émigration : elle a été été éteinte par la mort civile et la confiscation.

Point d'action contre l'émigré *donataire* de l'État : car l'État s'est trouvé libéré depuis le 1.er janvier 1810, au moyen de la déchéance définitive prononcée par le décret du 25 février 1808.

### RÉPONSE.

Rien n'est plus sacré que l'exécution des engagemens légalement contractés. L'obligation une fois formée, elle subsiste jusqu'au paiement ou à l'événement des causes légales qui en opèrent l'extinction. Un créancier est toujours créancier tant que l'obligation n'est pas éteinte ; et elle n'est éteinte que par le paiement ou par les causes qui, d'après le droit commun, équivalent à un paiement : telles que la confusion, la compensation, la novation, la prescription, etc.

Quand un débiteur s'oblige, il naît de son obligation une action personelle contre lui, dont il ne peut être dégagé que par l'extinction de l'obligation , et une action utile sur ses biens qui sontla garantie ou lacaution de son engagement ( Art. 2092 du Code civil. )

La mort civile et la confiscation encourues par le débiteur ne peuvent porter aucune atteinte aux droits du créancier ni à la validité de ses titres : ce n'est pas sur lui que doit peser la peine infligée à son débiteur.

Le fisc s'empare des biens. L'action utile les suit dans ses mains , et le fisc détenteur des choses qui assuraient le paiement devient débiteur. Mais l'action personnelle contre le débiteur originaire n'est pas éteinte (*) : elle est vaine et illusoire parce que le débiteur fugitif, hors de la sphère d'exécution du créancier , et dépouillé de tout, n'offre plus aucune ressource au créancier. Cette action qui s'éteint si le fisc paie , subsiste tant que le créancier n'est pas payé.

Qui aurait pu l'éteindre ? Est-ce la confiscation? Non : car la ruine totale du débiteur ne le libère pas; elle enlève seulement les moyens d'exécution contre lui. Est-ce la mort civile ? Non encore : car un mort civilement peut faire les contrats du droit des gens : il peut acheter, vendre , emprunter , etc. , et il s'engage par le contrat de prêt; et , comme par-tout où il y a obli-

_____

(*) Voyez les *Observations du président Bouhier sur la Coutume de Bourgogne*, chap. 55 , n.ᵒˢ 451, 453 et 455.

gation il y a action, si l'obligation d'un mort civilement est possible pour les contrats de ce genre, l'action qui en naît peut exister contre lui. Pourquoi donc la mort civile anéantirait-elle les actions du même genre dont il était passible avant de l'avoir encourue ? S'il peut être constitué débiteur pendant qu'il est mort civilement, il ne cesse pas, par l'effet de la mort civile, d'être débiteur en vertu des contrats antérieurs, tant que son créancier n'est pas payé.

On a parlé des lois romaines ; mais on les a mal entendues et très-faussement appliquées à la question. Les lois romaines qui obligeaient le fisc confiscataire à payer les dettes des déportés, n'entendaient pas faire encourir la moindre éviction aux créanciers. Le fisc les admettait tous sans distinction, chirographaires ou autres ; il ne limitait pas la durée des actions contre lui ; rien n'était changé dans le sort des créanciers.

Si les lois sur l'émigration eussent éteint, comme on le dit, les actions personnelles contre les émigrés, elles auraient frappé leurs créanciers presqu'autant qu'eux-mêmes ; et tel n'était certainement pas leur but. En effet, l'état ne payait pas les créanciers chirographaires ; cependant ils étaient créanciers, et n'ont pas pu cesser de l'être tant qu'ils n'ont pas été payés. Donc les émigrés restaient obligés envers eux ; donc la mort civile et la confiscation n'éteignaient pas l'action personnelle contre les émigrés.

Il en est de même des créanciers porteurs de titres authentiques. Pour obtenir leur paiement de l'Etat, ils ont été astreints à se faire liquider dans des délais déterminés, à peine de déchéance. Si c'eût été à peine d'extinction de l'obligation , ç'aurait été blesser grièvement leurs titres et offenser toutes les lois sous la protection desquelles les contrats avaient été formés. Qu'était donc la déchéance prononcée contr'eux ! un refus de paiement de la part de l'Etat, s'ils ne se présentaient pas dans le temps fixé; mais non l'extinction des titres de créance, qui ne pouvait résulter que du paiement; mais non l'anéantissement de l'obligation, que n'entraînaient pas la mort civile et la confiscation ; mais non la cessation de l'action personnelle qui subsistait contre le débiteur originaire, tant que l'obligation, tant que la créance subsistait elle-même.

On veut que l'obligation personnelle ait été éteinte par la *novation* au moyen de laquelle l'Etat est substitué débiteur aux lieu et place de l'émigré.

Mais la novation n'existe qu'autant qu'elle est formellement stipulée et consentie par le créancier. Un nouveau débiteur peut être engagé sans que l'ancien soit déchargé : il est *adjectus solutionis causâ* ( art. 1275 du Code civil); le débiteur primitif n'est déchargé par cette délégation, que lorsque le créancier y a formellement consenti. D'après cela, il est sensible qu'il n'y a eu de novation qu'à l'égard des créanciers qui, ayant accepté l'Etat pour seul débiteur, se sont fait inscrire sur le grand livre de la dette publique.

En prononçant la confiscation et en se chargeant de payer les dettes des émigrés, l'Etat n'a nulle part déclaré que leurs obligations personnelles étaient éteintes. Sans doute cette extinction devait être la conséquence des paiemens qu'il effectuerait aux créanciers qui voudraient le recevoir de ses mains ; mais tant que le paiement était à faire, l'obligation primitive subsistait avec toutes ses conséquences.

Aussi l'Etat n'a pas dit que les obligations personnelles des émigrés étaient éteintes. Il ne pouvait même pas le dire ; car il ne frappait pas les créanciers ; il ne pouvait dès-lors ébranler leurs titres ou en mutiler les effets. S'il a anéanti les procédures suivies contre les émigrés, c'est que, s'obligeant à payer leurs dettes, il a voulu devenir le contradicteur de tous ceux qui réclamaient des créances et des droits contestés, et ne pas s'exposer à payer des créances fondées sur des jugemens obtenus en l'absence d'une contradiction qui les aurait fait rejeter.

On fait au créancier une objection spécieuse ; on lui dit : vous ne pouvez, par votre faute, aggraver ma condition ; l'Etat offrait de vous payer sur le prix des biens confisqués : pourquoi avez-vous négligé de poursuivre contre lui votre paiement ?

Mais il répond, avec bien plus de raison :

4

vous ne pouvez, par votre faute, aggraver mon sort et me frustrer de ma créance : pourquoi avez-vous émigré? est-ce à moi de supporter la peine de votre émigration ? Porteur de votre promesse dont l'effet durait trente ans, j'ai pu pendant vingt-neuf ans en négliger l'exécution et courir volontairement les chances des vicissitudes de votre solvabilité, sans craindre de perdre mon action contre vous, sans craindre l'anéantissement de mon titre durant cet intervalle ; j'ai pu pendant vingt-neuf ans m'absenter moi-même, plein de sécurité sur la force que conservait mon titre pendant tout ce laps d'années. Je reviens avant les trente ans expirés ; étranger à tout ce qui vous est arrivé, je vous retrouve ; vous étiez mon débiteur, vous l'êtes encore puisque je ne suis pas payé, puisque mon titre n'est pas suranné ; mon action contre vous ne peut donc m'être déniée.

Aussi l'arrêté du 3 floréal an xi, qui a suivi le sénatus-consulte d'amnistie du 6 floréal an x, n'a pas rétabli l'obligation personnelle des émigrés amnistiés envers leurs anciens créanciers. Ses dispositions sont fondées sur la supposition manifeste que cette obligation n'a pas cessé d'exister. ( Voyez les articles 11 et 12. )

Ainsi, il est évident que la mort civile et la confiscation n'ont pas éteint les obligations personnelles des émigrés, ni par conséquent les actions personnelles qui en dérivaient.

§.

Mais quand on pourrait admettre, contre l'évidence, que les émigrés ont été libérés personnellement par l'effet de la mort civile et de la confiscation, leur retour à la vie civile aurait fait ressusciter les actions personnelles de leurs créanciers contre eux. C'est une vérité facile à établir.

On en convient pour les émigrés amnistiés par le sénatus-consulte du 6 floréal an x; on avoue que l'Etat, en les amnistiant, leur a imposé l'obligation de payer leurs dettes, et a fait revivre les actions de leurs créanciers contre eux. Faire une pareille concession, c'est prononcer la condamnation de tous les émigrés, dans quelque catégorie qu'on veuille les classer; car le sénatus-consulte de l'an x amnistiait *tous les émigrés*, à la seule exception d'un petit nombre nommément inscrit sur une liste. Tous étaient appelés à profiter de l'amnistie. Sans doute il leur était loisible de refuser la grâce qui leur était offerte, mais non pas de porter atteinte aux droits qui en naissaient pour leurs créanciers, c'est-à-dire à la régénération de l'action personnelle de leurs créanciers contre eux : et c'est bien ici le cas où s'applique la loi romaine qui décide que si le déporté amnistié refuse la restitution de ses biens, qui lui est offerte par le prince, il ne peut, par ce refus, se soustraire à l'action que ses créanciers avaient contre lui avant sa mort civile. (Voyez la L. 2, au ff., *de sententiam passis et restitutis.*

Les dispositions de la loi du 5 décembre 1814 sont la conséquence de ces principes et de cette législation. Comme le décret du 3 floréal an xi, elle ne rétablit pas les actions personnelles des créanciers contre les émigrés ; elle suppose que ces actions ont toujours existé. Seulement elle en suspend temporairement l'exercice par égard pour la position de l'émigré qui se serait vu exproprié presque avant d'avoir pris possession des biens qui lui étaient remis.

Dire que cette loi ne parle que des créanciers d'une certaine classe d'émigrés, de ceux amnistiés par le sénatus-consulte de l'an x, c'est rêver un système de catégories dont on ne voit pas un mot, ni dans la loi, ni dans la discussion étendue à laquelle elle a donné lieu dans la Chambre des députés. Pour se convaincre que cette loi n'a eu pour but de paralyser les actions d'aucune classe d'émigrés, il faut lire le discours, si fort de raisons, prononcé par M. Boirot à la séance du 28 octobre 1814. ( V. le n.º 3o3 du *Moniteur.* )

Ces réflexions suffisent pour réfuter le système de M. de Bévy. Il en résulte , contrairement aux propositions qu'il a cherché à établir, 1.º que l'obligation personnelle des créanciers des émigrés n'a pas été éteinte par la mort civile et la confiscation prononcée contre les émigrés ; 2.º que quand elle aurait été éteinte, elle aurait repris naissance par l'effet de l'amnistie générale accordée par le sénatus - consulte de l'an x *à tous les émigrés,* à la condition de payer leurs dettes ; et que ceux-ci n'ont pu, en refusant cette amnistie, se soustraire aux actions de leurs créanciers.

Où conduirait enfin le développement de son système ? Il en résulterait, que quand tous les biens des émigrés leur auraient été rendus, les créanciers, qui n'ont pas été désintéressés, n'auraient toujours point d'action contre eux : ce sont ces créanciers qui ne sont pas payés, auxquels on ne peut opposer aucune des causes légales de libération établies par le droit commun, qui devraient supporter la peine de l'émigration, les conséquences de la mort civile, les résultats de de la confiscation !

Pourquoi ce déni d'action ? quoi ! le créancier perdra la totalité de sa créance ; il ne pourra rien demander à son débiteur, quoique ce débiteur ayant recouvré tous ses biens, s'ils ne consistaient qu'en bois, comme il en est plusieurs exemples, et en bois dont les coupes ont été conservées et accumulées, quoique ce débiteur, dèslors enrichi, aura plus de fortune qu'il n'en avait avant son émigration ! Quoi ! lorsque le créancier, qui n'a point été payé, demandera son paiement, l'émigré, remis en possession d'une fortune améliorée et augmentée, lui répondra froidement : c'est à vous de supporter les effets des lois révolutionnaires, qui étaient dirigées contre moi ; j'ai reçu, il

est vrai, votre argent; j'avais contracté, il
est vrai, l'engagement solennel de vous
rembourser; mais l'Etat m'a dégagé de ma
promesse, et m'a libéré soit en me frappant
de mort civile et de confiscation, soit en vous
déclarant déchu de la faculté d'agir contre
lui; souffrons un ordre de choses, sur lequel
il n'est pas possible de revenir; j'ai recouvré
mes biens, mais vous avez perdu votre
créance !....

Est-ce ainsi que l'on paie ses dettes? est-
il un homme moral qui ne s'indigne à ce
langage? est-il un juge qui puisse ne pas
frapper de réprobation une doctrine qui
bouleverserait tout à la fois les règles du
droit en matière d'obligation, et les principes fondamentaux de l'ordre social et de
la tranquillité publique.

Et le créancier chirographaire que les lois
n'admettaient pas à la liquidation, qui a été
frappé d'une déchéance inévitable et forcée,
comment colorera-t-on à son égard l'application de ce système révoltant? Si la mort
civile et la confiscation ont éteint l'obligation personnelle de l'émigré, l'Etat confiscataire ayant toujours refusé de payer les dettes
chirographaires, et par conséquent ayant toujours été libéré des dettes de cette espèce,
on dira aussi au créancier chirographaire :
l'obligation a été éteinte ; l'émigré n'a été
rendu à la vie civile que pour l'avenir ; tous
les effets du passé subsistent ; plus d'obligation, plus d'action.

Et ainsi ce sera lui créancier légitime, qui

portera la peine de l'émigration de son débiteur, sans qu'il ait rien fait pour provoquer
la perte de sa créance, sans qu'il ait rien pu
faire pour l'empêcher!....... Une décision
qui sanctionnerait de pareilles injustices, serait cent fois plus monstrueuse encore que
celle qui dépouillerait des acquéreurs de
biens nationaux dont la propriété est décla-
rée inviolable par la Charte : ceux-là au
moins ont acquis volontairement.

## §.

Le Tribunal de première Instance de Dijon
pensait que les émigrés devaient payer leurs
dettes dans la proportion de la valeur des
biens qui leur avaient été remis. Il fondait
sa décision sur les lois romaines, au Digeste
et au Code, *de sententiam passis et restitutis*, qui disent que si le déporté gracié
obtient la restitution de tous ses biens, il
est tenu de payer toutes ses dettes ; s'il n'obtient que la restitution d'une quote-part, il
n'est tenu qu'à une même part de ses dettes ;
et que s'il ne lui est restitué qu'un objet déterminé, il n'est tenu à en rien payer.

On a déjà fait remarquer que la législation romaine sur ce point, différait totale-
ment de la législation française sur les émigrés, qui forme notre droit spécial en cette
matière. La loi romaine n'établissait ni ex-
ceptions, ni déchéances, par rapport aux
créanciers ; elle obligeait le fisc à les payer
tous sans distinction ; et les actions de ceux-ci

contre le fisc, avaient la même force , la même durée qu'elles auraient eues contre le déporté. Les lois dont il s'agit n'avaient donc nullement pour objet de réduire les créances, les créanciers étaient payés en totalité ; mais de fixer la portion contributoire dans le paiement des dettes , qui devait être à la charge du fisc, et celle qui devait être à la charge du déporté amnistié ; en un mot de régler des rapports d'intérêts et de comptabilité entre le fisc et le déporté gracié : voilà tout. Assurément elles ne voulaient pas dire que les créanciers *perdraient* telle ou telle partie de leurs créances. Les Romains n'auraient jamais eu une pensée aussi injuste.

DIJON, DE L'IMPRIMERIE DE CARION.

www.ingramcontent.com/pod-product-compliance
Lightning Source LLC
Chambersburg PA
CBHW061650180626
46818CB00003B/1040